만이

F i r s t b o r n

맏이

옮긴이의 말 각별한 '당신의 첫'에게_정은귀

시공사

각별한 '당신의 첫'에게

정은귀

첫 걸음

《맏이》는 1968년에 출간된 루이즈 글릭의 첫 시집이다. 이 시집은 자그마치 스물여덟 번의 거절 끝에 나왔다. 책을 아이의 탄생에 가끔 비유하는 시인들의 생각을 빌려 말하면, 실로 엄청난 기다림이요 고통스런 산고 끝에 탄생한 첫 시집이다. 28. 그 숫자는 많은 것을 생각하게 한다. 시인으로 첫 시집을 내는 것의 지난함과 그럼에도 포기하지 않는 끈기와 인내. 상대적으로 글릭보다 조금 앞선 동시대 여성 시인들은 첫 시집과의 만남이 그처럼 어렵지는 않았다. 미국 여성시사의 중요한 획을 그은 시인 에이드리언 리치(Adrienne Rich, 1929~2012)는 첫 시집 《세상의 변화》(A Change of World)로 예일 청년시인상을 받았고, 실비아 플라스(Sylvia Plath, 1932~63)는 첫 시집 《거상》(The Colossus and Other Poems)으로 문단의 주목을 받는다. 앤 섹스턴(Anne Sexton, 1923~74) 또한 산후우울증을 극복하기 위해 쓴 시들을 모은, 자신의 정신병원 경험을 적나라하게 담은 첫 시집으로 문단에 일대 충격을 던졌다. 이 시인들에 비해서 시인으로서 글릭의 첫 시작은 쉽지 않았다.

하지만 스물여덟 번의 거절을 거쳐 첫 시집이 출판된 때 글릭의 나이는 불과 스물다섯. "크로커스가 암처럼 퍼지고"(《부활절 시즌》)라며 시절의 우울과 불안, 병증을 짙게 드리운 첫 시집은 문단의 큰 환영을 받지는 못했지만, 미국 시단의 거장 로버트 하스(Robert Hass)는 "고통으로 가득 찬 단단하고도 예술적인 시집"이라며 이 시집의 장점을 정확하게 짚어 말했다. 자칫 태어나지도 못하고 사라질 수도 있었을 시집이 나온 52년 후에 시인은 노벨문학상을 받는다. 짧고 겸손한 수상 연설에서 시인은 시인됨의 축복을 아무것도 아닌 사람으로 살아가는 일의 축복에 비유한다. 곧이어 시인은 열세 권째 시집을 펴낸다. 각별한 글릭의 '첫'이 너무 늦지 않게 독자와 만나게 되어 참 기쁘다.

1943년 뉴욕에서 태어나 롱 아일랜드에서 자란 글릭은 어린 날 할머니가 읽어 주던 윌리엄 블레이크(William Blake)의 시들을 기억한다. 헝가리계 유대인 이민자였던 부모님은 문학과 교육에 관심이 커서 어린 글릭에게 많은 책을 읽혔고, 십 대 때 조숙한 시인은 자신이 쓴 시를 잡지에 투고하기도 했다. 청소년기에 극심한 섭식 장애로 오래 고통을 받은 글릭인데, 억압적인 엄마로부터 독립적인 존재가 되고자 나름 애쓴 고투의 결과라고 이야기한다. 학교를 중단할 결심을 하고서 십 대에서 이십 대로 넘어가는 시절, 7년의 시간을 정신과 치료에 온전히 쏟았는데, 그처럼 상상조차 쉽지 않을 고난을 지나온 이 시절을 글릭은 자기 생애 가장 위대한 경험 중 하나라고 이야기한다. 정상적인 대학을 다니지 못하고 사라 로런스 대학(Sarah Lawrence College)과 콜럼비아 대학(Columbia University)에서 비학위 과정으로 창작 수업 몇 과목을 수강한 것이 전부다.

신산한 이십 대의 고민이 짙게 깔린 첫 시집은 우울한 목소리가 지배적이다. 첫 시집 출간 후 시인 스스로도 이 첫 시집에 대해 "모멸감을 느끼고 싶으면" 읽어도 되지만 안 그러면 읽지 말라고 할 정도다. 하지만 독자이자 역자로서, 또 시를 연구하는 학자로서 나는 조금 다른 생각인 것이, 이 시집은 보통 사람들의 신산한 삶과 복잡다단한 시절의 풍경을 응시하는 시인의 시선이 다양한 언어적 실험 속에서 비교적 명료하게 드러나기에 이후 글릭의 시 세계가 뻗어 나갈 방향을 잘 보여 준다. 세상의 밝은 곳보다는 어두운 곳, 아픈 곳, 피 흘리는 곳을 고요히 바라보다가 쿡 찌르는 듯 말하는 시의 목소리는 시인 글릭이 통과한 청춘의 열망과 상처들과 겹쳐지고 동시에 입이 없는 보통 사람들이 거쳐가는 신산한 삶의 현장을 생생하게 보여 준다. 그래서 글릭의 '첫'은 지나쳐서는 안 될 소중한 '첫'이다.

스물여덟 번의 거절 끝에 나온 첫 시집《맏이》에서 노벨문학상 위원회가 상찬해 마지않았던《아베르노》(2006) 사이엔 거의 40년의 시간이 있다. 그 시간 동안 글릭은 꾸준히 시를 썼다. 네 번째 시집《아킬레우스의 승리》로 전미 비평가상(1985)을, 여섯 번째 시집《야생 붓꽃》으로 윌리엄 칼로스 윌리엄스상(1993)과 퓰리처상(1993)을, 그간의 전반적인 시적 성취로 볼링겐상(2001)을 받은 글릭은 열 번째 시집《아베르노》로 PEN 뉴잉글랜드상(2007)을, 또 열두 번째 시집《신실하고 고결한 밤》으로 전미도서상(2014)을 받은 바 있다. 2003년과 2004년에는 미국의 계관 시인을 지냈고, 2016년에는 미국 의회에서 수여하는 인민훈장을 받았으니, 2020년 글릭에게 수여된 노벨문학상은 그 자체로 글릭의 시에 대한 새로운 해석이기보다는 그 긴 세월동안 꾸준히 시를 쓴 시인의 이력을 그대로 인정하는 상으로 의미가 크다 하겠다. 무엇보다 글릭은 서정시가 홀대받는 미국시단에서 서정시의 자리를 굳건히 지켜온 시인이며, 또 서정 주체의 목소리를 여러 방식으로 실험한 시인이다. 평생토록 걸어온 시의 길에서 글릭은 기쁨보다는 슬픔을, 밝음보다는 어둠을 더 오래 응시했다. 그리고 그 시선의 향방은 이미 첫 시집에서부터 선명히 드러난다. 《맏이》가 각별한 당신의 '첫'인 것은 그런 이유다.

마비된 시절의 풍경

　첫 시집의 첫 시 〈시카고 기차〉는 어떤 의미에서 시인이 앞으로 걸어갈 그 묵묵한 시의 길을 예감하게 한다. 세상 속 불행의 자리, 고립의 자리를 끝까지 응시하는 시의 시선이다.

　　내 자리 맞은편에 탄 사람들은 모두

　　별 움직임이 없었다: 팔걸이에다가 헐벗은

　　해골을 기댄 아저씨, 아이는 머리를

　　엄마 다리 사이에 파묻고 잠이 들었다. 독(毒)이

　　공기를 바꾸어 여길 장악했다.

　　그렇게 그들은 앉아 있었다—마치 죽음보다 먼저 마비가

　　그들을 거기 못 박아 둔 것처럼. 철로는 남쪽으로 휘고.

　　나는 보았다 그녀 가랑이에 뛰는 맥박을…… 아기 머리에 뿌리내린 머릿니를.

〈시카고 기차〉 전문

　마치 제임스 조이스(James Joyce)가 《더블린 사람들》(Dubliners)에서 사람들의 마비된 의식을 그려 낸 것처럼, 이 시는 별 움직임 없이 잠든 한 가족을 바라보는 시선 속에서 당대를 사는 보통 사람들의 곤경과 간난, 불행을 간결하게 전한다. "독"이 장악한 도시 공간, 글릭에게 사람이 사는 곳은 도시든 정원이든 들판이든 어떤 정도의 유해함을 지니고 있다. 후에 시인의 대표작이 된 《야생 붓꽃》에서도 들판은 평화와 안정이 깃든 곳이 아니라 독이 퍼진 유독한 공간으로 등장하니까. 생명에 앞서 죽음이, 죽음보다 먼저 마비가 닥친

시카고 기차의 풍경. 꼼짝 않고 곤히 잠든 가족이 지금 어떤 상황인지, 어디로 가는지, 이주민인지, 노동자인지, 왜 이다지도 곤고한지에 대한 구체적인 설명은 지운 채 시는 시절의 풍상을 조용히 그린다. 사람은 마비되었고, 움직임은 사람 대신 남쪽으로 굽어지는 철로에 있다. 철로는 이들을 싣고 남쪽으로 향하는 중이다. 시의 마지막에 이르러 또 다른 작은 움직임이 있으니 엄마의 가랑이에 뛰는 맥박과 아기 머리에 뿌리내린 작은 머릿니다. 이 시선을 뭐라고 말해야 할까, 독이 점령해 버린 마비된 도시에서나마 어떤 생명이, 생명의 움직임이 있다는 것. 죽은 듯한 사람들 위에서 죽은 듯 사는 생명체. 죽음 속에도, 마비된 생명 속에도 이어지는 맥이 있는 것이다.

시집은 총 세 부로 이루어져 있다. 첫 부는 "알"이다. 이 부분을 번역할 때 정말 고민을 많이 했는데, 난자라고 할까 알로 할까, 얼핏 보면 계란 혹은 달걀로도 옮길 수 있는 단어 "egg"를 여러 층위로 고민한 끝에 '알'로 옮겼다. 마비된 도시의 풍경에서 출발하는 1부는 죽음을 껴안은 생명의 문제를 다루고 있고, 그 생명의 모태가 되는 것은 인간의 알을 일컫는 난자만을 이야기하는 것은 아니기에 고민 끝에 좀 더 폭넓은 단어를 선택했다. 또 하나 번역하면서 오래 고민했던 구절은 2부의 네 번째 시 〈카레이서의 미망인〉에서 이다. 봄이 오고 봄꽃이 피어나는 가운데 남편의 죽음을 이야기하는 화자. "그의 죽음을 의논하는 건 / 고통스럽지 않아. 난 이 일을 대비해 왔어, 이별을 위해, / 그토록 오래"인데, 여기서 "그토록 오래" 부분은 원시에선 "for so long"이다. "so long"은 "그토록 오래"라는 뜻 말고 "안녕"의 뜻도 된다. 시인은 이 두 의미를 모두 고려했을 것이다. 남편의 죽음에 대한 아내의 착잡한 마음을 이처럼 날렵하게 이중으로 그려내는 영어를 우리말로 옮기는 게 쉽지 않아서 처음에는

"이별을 위해, / 그토록 오래"로 의미가 겹쳐지도록 번역을 했다가 마지막 순간에 "그토록 오래"로 줄여서 독자가 상상할 수 있는 영역을 넓히는 쪽을 선택했다. 번역은 이토록 끝도 없는 망설임 속에서 간신히 선택하고, 선택한 후에도 돌아보는 일, 그러니 매번의 선택은 역자의 구체적인 시 읽기이자 해석인 셈인데, 어느 하나의 단선적인 의미로 몰아가지 않고 원문 텍스트의 긴장과 복합성을 끝까지 가지고 가자고 끝까지 고심하고 돌아보고 노력하는 떨림이다.

임신과 낙태 등 젊은 날의 어지러운 사랑과 실패, 관계의 아픔 등이 생생하게 그려지는 시들 가운데 햇살처럼 반짝이는 장면들도 보석처럼 숨어 있다. 〈사월에 내 사촌〉은 아기를 낳고 키우는 사촌의 나날을 매우 가까운 시선으로 따라다니는데, 출산과 무관한 듯해 보이는 시의 화자가 사촌을 바라보는 시선에는 착잡함과 애정이 함께 어려 있어 다감하면서도 쓰린 느낌을 준다. "아기와 함께 쪼그리고 앉아 아기 민머리를 쓰다듬으며 / 깔깔"대는 내 사촌. 나이 어린 자매나 후배 혹은 동생이 아기를 키우는 과정을 바라볼 때 흔히 느끼는 안쓰러움이나 자매애를 시인은 어떤 연대의 감정을 고취하지 않고 그저 무심한 듯 그린다. 임산과 출산, 육아의 과정에 대해 흔히 엄마-여성에게 부과되는 이상화나 격려, 혹은 동지애를 불어넣지 않은 무덤덤하나 집중된 관찰이 갖는 힘이 시에 있다. 이 시는 아기를 키우는 자의 울화와 화와 신비를 무심한 듯 다정하게 그리고 있어서 아기에게 집중하는 사촌의 움직임만큼이나 남들이 모르는 저녁의 울화를 놓치지 않는 시인의 시선, 쉽게 감정을 드러내지 않고 끈질기면서도 밀도 있게 관찰하는 그 시선에 탄복하게 되는 시다.

시들은 전반적으로 어둡고 불쾌하고 우울하다. 마치 지금 시대 우리가 직면한 현실을 보는 듯, 생명에는 희망이 없고 사랑에는 살뜰함이 없고 일에는 보람이 없다. 남자와 여자는 각자 자기 일을 하고 더 많이 사랑하는 쪽이 더 많이 사랑하는 사람을 바라본다. 가령 다음의 시, 〈상처〉에서처럼 말이다.

공기가 딱딱하게 굳는다.
침대에서 나는 엉킨 파리 떼,
귀뚜라미들이 키득키득
장난치는 걸 바라본다. 지금
날씨는 너무 끈적끈적하다.
하루 종일 눈앞에 있는 것처럼
고기 굽는 냄새를 맡는다. 당신은
책 속에 콕 박혀 있다.
당신은 당신 일을 한다.

〈상처〉 부분

결혼 생활에서 느끼는 고립과 단절을 일인칭으로 전하며 시작하는 이 시에서 시의 화자는 침실 벽에 새겨진 페이즐리 무늬를 배아 들인 꾸민 음모 같다고 말한다. 임신으로 뱃속에 자리를 잡은 태아를 두고 시인은 "내 사랑, 내 세입자"라고 말한다. 세입자를 뱃속에서 키우는 화자. 하지만 시는 행복한 아기의 탄생으로 이어지지 못한다. "그렇게 나 못 박혀 버렸다"(And I am fixed)라는 말로 수술대 위에 팔 다리가 묶여서 고정되어 임신 중지 시술을 연상케 하는 장면이 곧장 나오면서 시의 화자는 내 사랑, 내 세입자를 잃는다. 그게 자발적인 선택인지 불가피한 일로 인한 강제적인 상황인지 독자는 알 수가 없다. 다만 이제 남는 것은 내 사랑, 내 세입자를 떠나보낸 나, 그 몸에 인지하는 어떤 상실의 느낌이다. 이제는 아기가 없는 그 아기 침대를 당신이 시트로 덮고 있고, 나는 "그게 내 안에서 / 꺼져 버렸다. 아직도 그건 살아 있다."라고 말할 뿐이다. 모체 안에서 자리를 틀었다가 사라지는 생명. 임신 중지에 대한 이 시는 임신 중지를 둘러싼 정황보다도 내 몸 안에서 깃들었다가 사라진 세입자를 보내 놓고도 보내지 못하는 모체의 울음 아닌 울음으로 끝난다. 누구도 알지 못하는 뱃속 아기와 엄마의 신비하고도 기이한 유대, 탄생으로 이어지지 못하고 끝내 불행한 상실로 끝나는 그 관계를 이토록 곡진하게 그리는 시는 많지 않다.

1부 "알"에서 그려지는 임신, 임신 중지, 출산을 둘러싼 시들은 당대 페미니즘 운동 진영에서 주장하듯 자기 육체를 둘러싼 여성 주체의 독립된 목소리 찾기와 관련된 것이라기보다는 몸이 다른 몸을 어떻게 깃들이고 또 기르는가의 문제에 초점이 맞추어진다. 또 그 몸에 깃든 몸을 어떤 알지 못한 이유로 잃어버리고 놓치는 상실과 실패한 사랑의 경험이 곡직하고 쓰리게 그려진다. "가장자리"라는 제목으로 전개되는 2부에서도 아슬아슬한 결혼 생활의 비애가 주를 이루면서 1부의 불안한 풍경이 계속 이어진다.

아침마다, 이 집과 함께 불구가 되어서,
나는 그가 자기 토스트를 굽고 자기 커피를
얼버무리듯 음미하는 걸 본다. 그 쓰레기가 나의 아침이다.

〈가장자리〉 부분

한 남자와 한 여자가 만나서 행복한 미래를 설계하고 별일 아닌 것에도 깔깔 웃어대는 그 청춘의 신혼은 어디에 있는가. 때마침 하와이에서 신혼여행 사진을 찍어 올리는 갓 결혼한 제자의 웃음을 물끄러미 바라보던 나는 글릭의 첫 시집에 그려지는 이 불행이 어디에서 온 것일까 상상한다. 남자가 있는 집과 함께 불구가 되는 나. 그리고 안다. 이 의식은 그만의 것이 아니고 1960년대 집안의 천사로 틀어 박혀야 했던 수많은 여성들의 것이란 것을. 남자와 여자가 똑같은 방식으로 사회적 자아를 발현할 수 있는 조건이 갖추어지지 않은 시절에 여성들은 남자보다 더 재능이 있는 경우라 해도 그 재능을 발휘하지 못하고 남자의 말을 받아 적는 타이피스트가 되어야 했다. 시인이 될 여성이 다림질을 하고 남자의 심부름을 하는 현실. 그런 현실에서 여성은 가정 안에서 천사가 되기를 강요받지만 자기의 꿈을 억누르면서 가정의 천사가 되는 것도 쉬운 일은 아니다. 집 안에서조차 가장자리로, 구석으로, 아슬아슬한 존재의 끝자락으로 내몰리기 때문이다. 그 점에서 이 시의 제목이기도 하고 2부의 제목이기도 한 가장자리는 여성이 내몰린 존재 조건 자체를 말한다.

〈할머니는 정원에서〉도 여성은 가정 안에서 자리가 없다. "아이들은 다들 자기 남편들의 손을 갖고 있다. / 내 남편은 피아노 위에 있는 아기처럼 대머리 툭 튀어나온 모양새고" 이런 구절들에 이르면, 가정의 중심이고 천사인 여성이 아니라 자기 배로 낳았지만 남편과 닮은꼴인 아이들 속에서 모든 노동을 짊어지고 버티며 서 있는 외롭고 고단한 한 인간이 보인다. 흡사, '그래, 너네는 다 정 씨지. 나만 다른 성이지'라고 가끔 농담인듯 진담인 듯 툭 던지시곤 하던 내 어머니의 목소리가 환청처럼 들리는 것 같다. 완고한 아버지의 논리 앞에서 말문이 막힐 때, 참고 지나온 삶이 새삼 억울하게 느껴

질 때, 동의를 구하는 일에 딸들이 냉정한 중립을 취할 때, 엄마는 그렇게 자기 몸으로 낳은 아들딸들이 아비의 성을 물려받은 족속임을 선언하곤 하신다. "내 거대한 남자. 나는 눈을 감는다. 내가 던져 버린 / 모든 옷들이 내게로 돌아온다, 딸애들 슬립의 / 그 구멍들도" 딸들의 순면 속옷의 구멍을 보는 시선이란……. 이십 대에 이런 시를 쓰는 사람은 대체 어떤 감수성을 가진 존재인가. 무엇이 그를 이토록 조로(早老)하게 만들었나. 오십 대에 이르러서야 겨우 이해하는 엄마의 고독과 가끔 마주하는 나는 엄마의 그 고립감조차 생경하고 받아들이기 힘들어, "엄마, 우리가 있는데 왜 외로워?" 하는데, 이십 대의 청청한 청춘이 말한다. 엄마는 딸들의 속옷에 나는 구멍을 보는 존재라고. 자지러지는 여름날 대기에서 그토록 쉽게 뚫리는, 아니 뚫릴 만반의 준비가 된 청춘의 딸들의 그 허술한 구멍의 목소리를 듣는 존재라고.

〈카레이서의 미망인〉이나 〈전쟁 중 사람들 사진〉 등 글릭이 그리는 첫 맏이의 시절에는 청춘 속에 그늘이, 생명 속에 죽음이, 환희 속에 고통이 있다. 글릭의 첫 시집에 대해서 고백시파의 아류라고 하는 비평가들은 손쉽게 '무엇무엇이다'라고 규정하기보다는 고백이란 것이 뭔가에 대해 처음부터 다시 들여다볼 필요가 있다. 이 첫 시집에는 이후 시집들에서 꾸준히 드러나는 목소리의 변주가 이미 드러난다. 글릭의 '나'는 여자이면서 남자이고 아이이면서 어른이고 아픈 노년의 엄마를 돌보며 엄마의 엄마가 되어 버린 딸이면서 또 아들-사위다. 글릭의 모든 '나'는 글릭의 것인 동시에 글릭의 것이 아니다. 시인 자신과 가장 먼 지점에서 시인이 환기되기도 하고 시인과 가장 가까운 지점에서 그 시절의 다른 여성들의 삶이 자연스럽게 이입되는 것은 그런 이유다.

토닥거리는 신혼 시절의 재미와 줄다리기가 그려지는 시 〈동트기 전 내 인생〉은 의뭉스럽고 발랄하게 젊은 남녀의 혼인 생활을 그리면서 남성 화자의 목소리를 취하고, 사랑에 빠졌다가 혼자가 된 사람이건 실연을 했든 결혼 생활을 간신히 이어가든, 다양한 화자들의 목소리를 통해서 시인은 당대의 풍경을, 인간사의 지난함을, 사랑의 허망함을, 그럼에도 불구하고 포기할 수 없는 그 젖은 자리를 응시한다. 후기 시집에서 드러나는 이야기꾼의 면모, 가장 진솔한 자기 이야기를 하는 것 같은 서정 주체가 실은 복화술사의 마술을 부리고 있음이 이 첫 시집에서 감지된다. 가장자리에 내몰린 듯 위태하지만 집을 지키는 젊은 엄마가 바라보는 아이와 남편, 혼인 생활이 어쩔 수 없이 짐 지운 책무들은 다음 시에서도 잘 드러난다.

얼룩덜룩 무늬를 남기며, 물이 새는 관습은
어떤 날씨에도 기어이 우리 집의 주인을 만든다. 모든 게 삐걱인다:
마룻바닥, 셔터들, 문. 아직도,
우리의 사기를 적당히 유지시킬 수 있는 매우 적절한 풍경이 우리에겐
있다. 심지어 마가렛조차도 몰딩 안에 쥐구멍들을 내고 있으니,
아주 속 시원하게. 하지만 아 친구야, 나는
예전의 통찰력이 아직 있다구. 어젯밤,
그 어느 때보다도 더 날카롭게, 그녀의 하얀
팔뚝이, 저녁 식사와의 무자비한
싸움에서 헐벗겨져, 나를 뚫어 버렸다;

〈꽃필 때 우리 대장이 보낸 편지〉 부분

김소연의 시 〈격전지〉를 연상하게 하는 치열한 대치가 이 시에

있다. 남자와 여자가 결혼을 하고 함께 가꾸어 가는 그 집에서 진정한 주인은 누구인가? 남자인가, 여자인가, 아이들인가, 천장에 새는 물인가, 몰딩 안에 나는 쥐구멍인가. 모든 게 삐걱이는 집에서 사랑도 사랑의 결실도 한물 간 속수무책일 뿐, 무자비한 싸움에서 무방비로 뚫리는 내 존재의 취약함은 어떤 소중한 것들도 일거에 아무것도 아닌 것이 될 수 있다는 허망함만이 삶의 진실임을 이야기한다. 우리 각자는 결국 우리의 열망 안에 갇힌 존재이기에.

그 이야기를 시인은 먼 나라의 과거의 역사를 뒤져서 전한다. 17세기, 프랑스 루둔의 어슐린 수녀원 원장, 잔느 데 앙주를 그린 시 〈감방〉은 오도된 열망이 얼마나 무참한 희생을 낳는지, 그러고도 그 희생이 의뭉스레 감추어지는 그 이상한 열망의 자리를 응시한다. 〈동굴에서 온 메모〉도 그 기이한, 알 수 없는 열망을 잠시 거리를 두고 들여다보게 만든다. 사랑이 아닌 절망이 만드는 섹스. 첫 시집의 표제 시이기도 한 〈맏이〉는 시어머니를 바라보는 며느리의 입장과 아들을 바라보는 엄마의 입장이 아프게 교차한다. "우리는 잘 먹고 있어요. / 오늘은 정육점 주인이 잘 갈은 칼을 돌려 / 송아지를 잡네요, 당신 좋아하는 것. 나는 내 인생으로 값을 치릅니다."의 이 목소리는 참으로 완고한 인내심으로 이 생을 견딘다. 마치 '그래, 두고 보자, 저는 참을 인 자로 갚아드리겠습니다'라고 하는 듯,

나와 당신과 우리 모두인 이야기

이처럼 글릭의 시에는 다양한 화자들이 다양한 목소리로 등장하여 모두의 이야기인 내 이야기를 하고 간다. 절망 속 비통한 나날

을 견디면서도 통곡하며 목 놓아 울지 않는 글릭의 목소리들. 3부에서 대서양을 면하고 있는 미국 동부의 다양한 도시들, 항구들의 이름을 통해서 글릭은 자기 시를 낳은 그 지리와 문화를 우리에게 가까이 안내한다. 멜빌의 《모비 딕》의 산실이기도 한 낸터킷에서 죽음의 냄새를 맡고, 그 죽음 속 평화를 감지하고, 부활절 인사를 건네는 웨체스터에서는 도처에 피어나는 봄꽃이 마치 암종과도 같이 불길하다. 젊은 날의 부모님을 그리는 시 〈조각들〉에서 맏이인 나는 오히려 표정을 잃고 있고 젊은 날의 아버지는 오히려 싱그럽다. 면도날처럼 예리하고 불같은 시기를 건너는 청춘의 딸뿐만 아니라 엄마이자 아내에게도 집이 아슬아슬한 가장자리다. 철없는 아비만 젊고 싱그럽다.

가끔 생각하곤 한다. 첫 자리, 첫 거절, 첫 사랑, 첫 상실, 첫 탄생, 첫 죽음. 그 무수한 첫 자리, 그 셀 수 없는 낯선 처음. 기쁨이자 축복이고 부담이자 저주인 그 첫. 자칫 태어나지도 못하고 사라질 수도 있었을 이 첫 시집에 대해서 시인은 막상 조금 쑥스러워하는 것 같다. 《맏이》는 담대하고 발랄한 색깔이 어우러진 퀼트인데, 고백시파의 아류로 너무 쉽게 재단하는 것은 비평의 무감한 폭력이다. 〈노예선〉 같은 시는 글릭이 미국을 만든 역사의 죄의식에서 자유롭지 않다는 걸 보여 주는 드문 시고, 1960년대 미국의 문화사적 풍경, 가족 관계 안의 내밀한 갈등들과 힘겨룸이 실감나게 그려진다. 낙태를 이야기하든, 상실을 이야기하든, 고부 갈등을 이야기하든, 모녀 혹은 고부간의 연대를 이야기하든, 역사와 문화를 이야기하든, 시인은 어느 정도의 거리감을 가지고 마치 이 신산한 생을 미리 다 살아 버린 사람의 시선처럼 멀찍이서 이야기한다. 밝음보다는 어둠을, 기쁨보다는 슬픔을, 연대보다는 고립을, 행복보다는 불행을, 탄

생보다는 죽음을, 성취보다는 상실을 더 오래, 많이 바라보았다고 해서 시인은 그 어둠을 큰 목소리의 울음으로, 절규로 내지르지 않는다. 불행을 바라보는 시인은 오히려 처연하고 냉정하다. 냉혹하리만큼. 상처는 예리하지만 붉은 피가 흐르는 대신 딱지가 앉은 모양새다.

시인은 상처를 만나려면 그 첫 시집을 읽어도 되지만 굳이 읽지 않아도 된다고 인터뷰에서 말하는데, 시인의 조심스런 겸손과 달리 첫 시집 《맏이》는 글릭이 이후에 보여 주는 방대한 시 세계의 밑그림을 날렵하게 포착하게 한다. 그 점에서 "자기 이십 대에 가장 큰 재능을 선물 받은 시인"이라는 어느 비평가의 말은 맞다. 세계의 비참과 절망, 상실과 어둠을 응시하는 시선, 그러면서도 굳건하게 견디는 태도를 간명하고 절제된 언어 안에 녹여 내는 《맏이》는 글릭의 '첫' 맏이다운 시집이다. 서투름이 아니라 용기와 군건함으로.

1995년에 초기 시집 네 권을 묶어서 펴낸 시집 《첫 시집 네 권 1962~2012》(The First Four Books of Poems 1962~2012)에서 글릭은, 초기 시를 고치지 않고 그냥 내면서 첫 시집에 대해 "쑥스러운 애정"을 품고 있다고 말한다. 연달아 계속 나온 시집들은 일종의 "너무 많이 규정하는 한계들"(too-defining limitations)에 대한 나름의 응답이었다고 말한다. 이 시집의 짧은 작가 노트에서 글릭은 시집 《맏이》의 시들에 대해서 "민망한 다정"(embarrassed tenderness)이란 말을 하면서, 예전에 쓴 시들이 마음에 들지 않더라도 다시 고치는 건 내키지 않는 일이라 한다. 아마도 뒷 시집들에 비해서 큰 주목을 받지 못한 '맏이'의 운명에 대해서 지우고 싶은 부분을 수정하지 않고 있는 그대로 계속 내보이는 것이 '첫'에 대한 시인의 애정을 확고히 하는 말 같아서 나는 그 부분이 참 와닿았다. 모든 '첫'은 그 자체로 의미가 있다. 젊은 날의 자기 언어를 수긍하는 시인은 '첫'을 '첫'으로 인정하면서 맏이의 권위를 그대로 묵직하게 부여하고 있는 것이다.

　　미　　국 시사에서 자기 시를 다시 쓰기 한 시인들이 제법 있다. 휘트먼(Walt Whitman)이나 매리언 무어(Marianne Moore) 등은 기존의 시들을 다시 쓰기 하면서 평생을 보냈다. 그 수정 과제 자체가 시에 대한 시인의 태도를 말해 주는 것이기에 수정 혹은 개고는 그 자체로 흥미로운 연구 주제가 되기도 한다. 과거의 시들이 다 마음에 들어서가 아니라 자기가 첫 시집을 쓸 때 시를 추동한 마음에 접근하는 것이 불가능해졌기에 시를 고치지 않겠다는 시인의 고백. '첫'을 대하는 시인의 진솔한 고백은 시간이 지난 일을 반추하고 바라보는 어떤 견고한 자세와 닮아 있다. 그래서 나는 번역가이기 전에 시의 독자이자 연구자로서 이 첫 시집을 글릭의 그 수많은 자식들 중에 너무 늦지 않게 번역하고 싶었다. 그런 이유로 글릭의 시를 소개하는 첫 다섯 권의 묶음 속에 이 시집이 들어가게 된 것이 참 다행이다 싶다.

　　시인의 첫사랑, 어설프고 외롭고 고단하고 상처 많은 첫 아이, 스물여덟 번이나 거절당하고도 시인이 포기하지 않고 세상에 내민 이《맏이》를 나는 사랑 없는 세상에서 부르는 간곡하고도 아픈 사랑 노래로 읽는다. 시간을 버텨 낸 시들은 변해 가는 삶 속에서 변하지 않는 어떤 마음의 생채기를 새기고 있는 증언일 터, 그렇게 글릭의 첫 시집《맏이》는 '첫'의 무게를 지니고 우리 앞에 와 선다. 비록 아픈 목소리들로 가득한 시집이고 이후의 시집들 속에서 무관(無冠)의 시집으로 남은 맏이건만, 나는 이 첫 시집에서 글릭의 시 세계 전체를 예견하게 하는 담대한 버팀의 목소리를 읽는다. 위대함의 씨앗은 처음부터 완결되고 빼어난 맵시를 자랑하는 게 아니다. 한 시절의 거칠고 아픈 속살을 저며 내는 시의 언어는 그 자체로 펄펄 살아 있다. 각별한 글릭의 '첫'에게 역자로서도 각별한 애정을 보내며, 많은 독자들이 이 시집을 읽으면서 위대함을 낳는 것은 어떤 돌발적인 천재성이 아니라 일상을 버티며 응시하는 비범한 견딤의 시선이라는 것을 알게 되기를 희망한다.

이 모든 시절 뒤,
생생한 색으로 돌아오는, 사랑.

_〈동트기 전 내 인생〉 중에서